EDITORIAL
PATRIA

Mis cuentos de vampiros, horror y fantasmas

Mis cuentos de vampiros, horror y fantasmas

Selección de cuentos y relatos
dramáticos para la serie

Patria Infantil-Juvenil

Compilación: Rosacarmen Núñez-Rivas

Editorial
PATRIA

**Para establecer comunicación
con nosotros puede hacerlo por:**

correo:
Renacimiento 180, Col. San Juan
Tlihuaca, Azcapotzalco,
02400, México, D.F.

fax pedidos:
(01 55) 5561 4063

e-mail:
info@patriacultural.com.mx

home page:
www.patriacultural.com.mx

Dirección editorial: Raúl Godínez Cortés
Coordinación editorial: José Luis E. Bueno y Tomé

Ilustraciones de portada e interiores: Ricardo Peláez
Diseño portada de la Serie: Juan Flores Niño y David Chávez Huitrón
Diseño de interiores, tipografía y formación: Overprint, S.A. de C.V.

Mis cuentos de vampiros, horror y fantasmas
Serie Patria Infantil – Juvenil – Volumen 10

Derechos reservados:
© 2003, Compilación: Rosacarmen Núñez-Rivas
© 2003, GRUPO PATRIA CULTURAL, S.A. DE C.V.
Bajo el sello de Editorial Patria
Renacimiento 180, colonia San Juan Tlihuaca,
Delegación Azcapotzalco, C. P. 02400, México, D. F.

Miembro de la Cámara Nacional de la Industria Editorial
Registro Núm. 43

ISBN: 970-24-0580-7 (Volumen 10)
ISBN: 970-24-0587-4 (Serie completa)

Impreso en México
Printed in México

Primera edición: 2003

Prólogo

Mis cuentos de vampiros, horror y fantasmas

El mundo de lo oculto, de lo terrorífico, de lo siniestro, siempre ha causado una mezcla entre terror y curiosidad en los seres humanos. Unos sienten un placer morboso por las narraciones fuertes y descriptivas de asesinatos, muertes violentas y desgarramientos humanos... y otros se estremecen con un frío latente que les recorre toda la columna vertebral, cuando imaginan los gritos de terror de las víctimas o los aullidos de un hombre lobo a la luz de una luna fría y plena.

En esta antología de MIS CUENTOS DE VAMPIROS, HORROR Y FANTASMAS, hemos reunido una verdadera colección de relatos escalofriantes, aterradores unos y sorpresivos otros.

Encontramos al viejo Jeremías contemplando atentamente los decorados de su espejo fascinante a la luz de una vela, hasta que su maldad le permitió ser absorbido por el espejo...

Un medio día el pequeño Sergio observa horrorizado sobre el brocal del viejo pozo, la cara de alguien maléfico que le mira fijamente y años después hace un descubrimiento ¡sorprendente!...

Don Emiliano fue asombrado de repente por el roce de una mano muy fría que tocaba su espalda... y su hijo más chico sintió que "alguien" jalaba sus cabellos mientras hacía la tarea. ¡Habían comprado una casa con fantasmas!...

En la víspera del Día de Muertos, la gente compraba lo que más tarde pondrían en sus ofrendas; la pequeña Leonor sufrió una vez más el maltrato de un padre borracho y lloró tanto que se quedó dormida junto a la pata de la mesa. En la madrugada, cuando el mal hombre regresó lo esperaba una sorpresa....

En la casa embrujada, Juan José ignoró las advertencias de sus amigos y cuando dieron las doce de la noche descubrió aterrado que aquellas manchas de oscuro color verdoso se alargaban sobre el muro y avanzaban hacia él ...soltó la linterna y todo quedó en tinieblas...

Veinticinco años estuvo abandonado aquel viejo edificio hasta que en él instalaron una escuela secundaria. Un día un grupo de niños decidieron investigar el misterio de esa bodega donde tenían prohibido entrar y encontraron por primera vez a la pequeña que no tenía piernas ¿qué misterio encerraban aquellas cuatro paredes sombrías, llenas de humedad ?...

La cuadrilla de plomeros llegó frente al edificio que en algún tiempo estuvo pintado de azul, pero ahora era casi todo gris por el abandono. Cuando se dispusieron a descansar a media noche, un golpeteo en el zaguán les indicó que alguien venía caminando hacia ellos y quedaron paralizados...

Cuenta la gente que en algunas poblaciones donde hay sembradíos aparecía una vez al año, muy bien surtida, una tienda muy grande que sólo duraba una noche. Pero quien entraba desaparecía y si lograba salir al día siguiente, amanecía muerto...

Un cuento popular colimense nos narra la historia de principios del siglo XX, donde leñadores y arrieros que merodeaban en las faldas del Volcán de Colima, eran aterrorizados por la aparición del fantasma de un soldado de la época virreinal. Relacionan su presencia con la existencia de un tesoro. Pero cuando encontraron un gran cofre, descubrieron una horrible sorpresa...

Y así el lector viaja por un camino de sucesos extraños, de ruidos inexplicables, de roperos que se abren y se cierran, de vampiros que penetran por las ventanas aleteando sobre el silencio de la noche... descubre leyendas de siglos pasados y escucha viejas historias contadas por ancianos de piel rugosa y boca desdentada, en un mundo alucinante que tiene principio y no tiene fin, porque sus horizontes se van prolongando siempre más allá de la imaginación ,de lo creíble y de lo fantástico.

Sin lugar a dudas, no podemos ignorar que el escenario del misterio, la intriga y la muerte está en las páginas de MIS CUENTOS DE VAMPIROS, HORROR Y FANTASMAS. Lo invitamos a subir los peldaños de la pequeña escalera lateral y a penetrar en él, a su cuenta y riesgo.

La Muerte acecha desde los pliegues polvorientos de los cortinajes y a través del tenue tejido de las telas de araña. Y quizás desde el más oscuro de los rincones del escenario, un ojo de mirada fría y acerada nos esté observando.

Esta es la hora... posiblemente las campanadas de un viejo reloj arrumbado, comience a marcar la hora del horror y del misterio. Adelántese a esa llamada. No se pierda estos relatos.

El Editor

El espejo maléfico

(cuento popular)

Al bazar del viejo Jeremías, que estaba en la parte delantera de su casa, llegó un día un lote de muebles entre los cuales se encontraba un espejo grande, de ésos para verse de cuerpo completo, que era una verdadera obra de arte, aunque tenía algo de siniestro.

Dicho espejo tenía un gran marco de madera tallada con mucha destreza. El artesano que lo realizó había incluido, intercaladas en retorcidas ramas como de enredadera, muchas figuras de seres parecidos a duendes, los cuales tenían rostros con todas las expresiones: unos lloraban, otros parecían estar desesperados; algunos sonreían, otros daban la impresión

11

de estar soltando sonora carcajada. Podían verse también caras de odio, de ira, de envidia, de tristeza, pero ninguna que estuviera serena.

A Jeremías, que era un avaro, le fascinó el espejo desde el principio. Durante muchos días pensó que pediría un precio muy elevado por él. Si alguien lo pagaba, se llevaría muy buenas ganancias. Pero si a los clientes les parecía carísimo, podría conservarlo durante un largo tiempo a su lado. Por supuesto, el precio era tan exorbitante que nadie se interesó por comprarlo.

Todas las noches, antes de irse a dormir, Jeremías contemplaba atentamente los decorados del espejo a la luz de una vela. Tomó la costumbre de observar un rostro cada noche.

Pero, sin que él se diera cuenta, poco a poco se fueron agregando a su carácter, de por sí poco agradable, los malos sentimientos que estaban plasmados en las figuras de duendes del marco del espejo.

Así, un día despertó sintiendo gran envidia de su vecino el carnicero, pues pensó que no era justo que un carnicero ignorante tuviera una bonita mujer y dos hermosos hijos, mientras él había pasado solo toda su vida. Urdió una intriga: fue a decir al alguacil de la aldea, quien era su amigo, que el carnicero robaba ganado para vender la carne. El alguacil, sin mayores averiguaciones, encerró en la cárcel al pobre carnicero y su mujer e hijos quedaron en el desamparo, ya que la mujer no sabía trabajar el oficio de carnicería y los niños aún eran pequeños. Jeremías no sintió el menor remordimiento.

Otro día, se dejó llevar por la ira: un pobre perro tuvo el mal tino de echarse a dormir una siesta frente a la puerta de su bazar. El viejo, enfurecido, sin siquiera haber hecho el intento de asustar al perro para que se fuera de ahí, de su cocina tomó una gran olla de agua hirviendo y la vació sobre el desdichado can. El perro salió corriendo y aullando de dolor.

Muchas cosas horribles y malvadas por el estilo hizo Jeremías a lo largo de tres meses. Por cada maldad o daño al prójimo que cometía, su rostro se hacía más y más feo, sus ojos se hundían, mientras sus orejas y nariz crecían y se iban poniendo puntiagudas.

Un día, el viejo comenzó a sentir una tristeza enorme e inexplicable. "Quisiera morirme, no tengo ninguna ilusión en la vida", pensaba. Tan triste estaba, que desenterró todos los rosales que tenía en el pequeño jardín de su casa y, pese a que estaban en todo su esplendor, llenos de hermosas flores, los quemó.

Esa misma noche, mientras contemplaba, como era su costumbre, uno de los rostros del espejo, que por cierto era el más feo de todos, el rostro de madera se animó, sus ojos brillaron con el fulgor verde fosforescente y, mientras él quedaba paralizado por el miedo, una voz cavernosa salió del fondo del espejo:

–Jeremías –le dijo–, justo este día has llegado al límite de los malos sentimientos. Trabajaste muy bien para merecer formar parte de nosotros....

Y a continuación, el viejo que se había vuelto tan malvado fue absorbido por el espejo, como si el cristal hubiese sido una gran aspiradora.

Pasaron cinco días. Una mañana su amigo el alguacil fue a buscarlo, preocupado porque no lo había visto en la cafetería ni en el mercado, que eran los lugares que el dueño del bazar frecuentaba. Nunca lo encontró, pero vio el jardín devastado. De pronto, su mirada se fijó en el espejo. Vio que uno de los rostros de duendes que adornaban el marco y que llamaba mucho la atención por su expresión de horror, tenía un extraño parecido con su amigo.

Como el alguacil no se distinguía por su honradez, pensó que, ya que Jeremías se había largado quién sabe a dónde sin avisarle, él tenía derecho a heredar algo de sus bienes. Esa misma tarde regresó e hizo el inventario de los muebles y adornos que al día siguiente ordenaría que fueran llevados a su domicilio.

Sin embargo, aunque era un objeto muy pesado, decidió cargar con el espejo y llevarlo personalmente a su casa, pues sus extrañas decoraciones le habían fascinado.

El pozo de los horrores

A. Sant-Jabob

–original inédito–

En el pueblo donde nació Sergio, cada casa tenía su propio pozo. En donde él vivía el pozo estaba atrás de la cocina, en un patio que daba al corral. Varias veces al día, diferentes miembros de la

familia iban a acarrear agua del pozo según la necesitaran para bañarse, lavar la ropa, trapear los pisos o cocinar.

Sergio, con el ejercicio del acarreo, fue creciendo como un niño fuerte y saludable.

Le encantaba que su mamá le pidiera que trajera agua del pozo, pues así sentía que él era muy fuerte y útil.

Pero las cosas comenzaron a cambiar cuando nuestro amiguito entró a la escuela.

Allí por boca de los niños mayores, se enteró de que adentro de los pozos vivían todo tipo de seres extraordinarios, algunos malos y otros buenos, pero todos ellos muy poderosos.

Los niños grandes al darse cuenta del efecto que sus palabras hacían en los más pequeños, tomaron como costumbre contar todas las tardes, historias que tenían que ver con pozos encantados, durante el camino de regreso que los escolares emprendían hasta sus respetivas casas. Sergio siempre escuchaba con atención, y no pocas veces los relatos de sus compañeros lo llenaron de tanto temor, que no podía dormir.

Ahora el niño ya no se ofrecía tan seguido a acarrear agua del pozo para ayudar en las faenas de la casa, pues poco a poco ese profundo y oscuro lugar había ido tomando forma en su imaginación como la entrada a un mundo terrible. Y como sus padres no le decían nada, pues ellos creían que sus pocas ganas de ayudar en ese trabajo eran algo pasajero, Sergio escurría el bulto cada vez que podía, ofreciéndose en cambio para limpiar el corral de las gallinas.

Una noche, después de haber escuchado una historia acerca de un pozo embrujado que lo impresionó sobremanera, Sergio soñó que en el pozo de su casa vivía un mago muy poderoso. Tanto, que daba miedo siquiera asomarse al brocal, pues ese mago podía hacer cualquier cosa que él quisiera, incluso convertir niños en piedra.

A partir de la mañana siguiente, nuestro amiguito ya no quería ni siquiera pasar cerca del pozo para ir a limpiar el corral: prefería rodear el patio aunque se tardara más.

Un mediodía, su mamá necesitaba urgentemente agua y no podía descuidar el guiso que estaba cocinando, así que lo mandó al pozo.

Las piernas de Sergio no querían moverse, su cerebro se resistía a acercarse a esa oscura boca, que quién sabe a cuál sitio tenebroso conducía. Sus manos comenzaron a sudar, en eso, un "¡pero apúrate, muchacho!", al fin lo desprendió del piso y fue a cumplir la peligrosa misión.

Poco a poco comenzó a jalar la cuerda de la polea para subir el cubo con agua y vaciarlo al recipiente que llevaba. Algo se atoró. Sergio, con todo y su miedo, se empinó sobre el brocal para ver qué pasaba... ¡y con la luz del sol que a esa hora iluminaba el pozo, vio cómo desde las oscuras aguas del fondo la cara de alguien lo observaba!

Empavorecido, el chiquillo pegó tal carrera, que tardó una hora en regresar a su casa. Y se ganó una buena tunda de nalgadas, pues como no había llevado el agua necesaria, el guiso que cocinaba su madre se había quemado y ahora la familia tendría que conformarse con comer y cenar sólo pan y café.

"Allí está, sí existe –se decía por la noche, incapaz de conciliar el sueño–. Yo vi la cara del mago más poderoso del mundo y él me estaba mirando"...

Sobra decir que a partir de ese día, el miedo que Sergio le tenía al pozo se convirtió en verdadero terror, un terror que ya nunca se separó de él, aunque hubiera crecido y terminado la secundaria y la preparatoria.

Luego, Sergio se fue a la capital del estado para hacer sus estudios universitarios. En la ciudad terminó por olvidar el asunto del pozo. Pero después que se recibió como ingeniero agrónomo, mientras iba en el autobús en el que regresaba a su pueblo por mejorar la vida de sus habitantes, de pronto sintió un vuelco en el estómago, una tremenda sensación de ansiedad.

No, no era la emoción de ver de nuevo a sus padres y amigos. Era un temor sordo, el pensamiento de algo terrible que le aguardaba allá, con el que tendría que arreglar una cuenta pendiente.

Después de los abrazos y besos de bienvenida, mientras tomaba un café después de comer, a la mente de Sergio llegó, tan fresco como cuando lo sentía de pequeño, el viejo terror que le producía el pozo.

Sufrió un rato, sin atreverse a comentar con nadie por qué de pronto su rostro, tan alegre a su llegada se había desencajado. "Esto tengo que enfrentarlo yo solo", se dijo.

Y, haciendo de tripas corazón, se dirigió directo al pozo y se asomó por el brocal. ¡Allí en el fondo, mirándolo desde las oscuras y profundas aguas estaba el poderoso mago, ese que podía hacer cuanto quisiera a quien tanto temía!

Tuvo el impulso de echarse a correr como cuando era chico, pero se armó de valor y lanzó una segunda mirada al fondo del pozo. Observó bien: ese mago se parecía a él. Una tercera mirada: ¡Ese mago era él!

Así, venciendo su miedo, Sergio comprendió que el mago más poderoso del mundo es cada uno de nosotros, pues con voluntad y disciplina podemos lograr todo lo que nos propongamos hacer.

La cabeza del fantasma

(cuento popular)

–adaptación–

La misma noche que la familia de don Emiliano llegó a ocupar su nueva casa, comenzaron a ocurrir cosas extrañas.

Se encontraban él y uno de sus dos hijos desempacando algunas cajas de la mudanza, mientras su esposa lavaba los trastos de la cena. De pronto, un agudo grito de la señora hizo que el joven y el padre acudieran corriendo a la cocina.

–¡Algo frío me pasó por encima de los pies! –exclamó la señora, cuyas manos temblaban por la impresión.

–Debió haber sido algún ratón –la tranquilizó el esposo–. Mañana revisaremos muy bien todo y, si

24

encontramos huellas de roedores,
instalaremos trampas para acabar con
ellos.

La señora ya no dijo nada pero, mientras
terminaba de arreglar la cocina, pensaba
que los ratones no se arrastran, ni tampoco
se sienten tan helados ni viscosos, ni se
mueven tan lentamente.

La tarde siguiente cuando llegó de su trabajo, aunque estaba muy cansado, don Emiliano revisó todos los rincones que podrían ser un escondite para los ratones, pero no encontró nada que indicara la presencia de tan molestos animalitos. Y esta vez, el susto le tocó a él:

Se bañaba tarareando su canción favorita, cuando de pronto sintió que algo como una mano muy fría le tocaba la espalda. No dijo nada a su esposa ni a sus hijos, pero pensó que quizá debería haberse informado mejor de la historia de esa casa antes de comprarla, no fuera a ser que tuviera fantasmas y por eso se la vendieron tan barata.

Dos días después, el hijo menor se encontraba haciendo su tarea, cuando sintió que alguien pasaba y le jalaba el cabello.

—¡Eh, Jaime déjame en paz! —gritó, pensando que había sido una broma de su hermano mayor—. Pero en ese justo momento Jaime entró de la calle, con la bolsa del pan que le había encargado su mamá. Óscar, que así se llamaba el hermano menor, pensó que había sido su imaginación y no le comentó nada a los demás.

Pero los fenómenos extraños se fueron sucediendo cada vez con mayor frecuencia e intensidad, hasta que llegaron a ser difíciles de soportar. Ahora el fantasma– porque ya toda la familia estaba segura de que allí había alguno–, intentaba llamar la atención de los habitantes de la casa por medios bastante ridículos: amontonaba las ollas en medio de la sala, descolgaba las cortinas, escondía los zapatos de don Emiliano en las alacenas de la cocina, y rayoneaba el espejo del tocador de doña Bárbara, que así se llamaba la señora de la casa, usando su lápiz labial, para pintar monigotes.

La familia, más que asustada, ya estaba fastidiada. Una noche, cuando sus hijos ya estaban dormidos, don Emiliano y doña Bárbara apagaron todas las luces, prendieron una vela bendita e invocaron al fantasma:

–¡Preséntate ante nosotros y dinos qué quieres, porque ya no soportamos las molestias que nos das!...

Comenzó a escucharse un ruido parecido al del viento cuando sopla fuerte, la flama de la vela parpadeó, y ante ellos apareció la silueta de un hombre que no tenía cabeza. Con una voz salida, quién sabe de dónde, pues al no tener cabeza tampoco tenía boca, el fantasma les dijo:

–Ustedes son los únicos que no han abandonado la casa al darse cuenta de mi presencia. Como son valientes, les pido un favor: hace muchos años unos ladrones me mataron cortándome la cabeza. Como no encontraron mi dinero, en venganza soterraron mi cabeza debajo del árbol que está en el jardín, y mi cuerpo se fue ala fosa común, así, decapitado. Lo que nunca supieron los bandidos, es que estuvieron a punto de descubrir el dinero, pues yo lo había escondido en un agujero que hice debajo de las raíces. Sólo les pido que lleven mi cabeza al panteón y le den cristiana sepultura a veinte centímetros de donde la encuentren. Caven, y encontrarán una caja llena de monedas, que pueden conservar como muestra de mi gratitud.

Y en seguida, con el mismo viento helado que lo acompañó cuando había aparecido, el fantasma se desvaneció.

Al día siguiente, cuando sus hijos estaban en la escuela, los esposos hicieron lo que les había indicado el fantasma y, efectivamente, encontraron primero una calavera, y cerca de ella, bajo las raíces más gordas del árbol, una caja que contenía monedas antiguas de plata.

Antes de tocar el dinero, envolvieron con mucho cuidado la calavera y la llevaron con el párroco de la iglesia, a quien le contaron la historia. El párroco realizó los oficios fúnebres del caso, y por fin la calavera quedó sepultada en el panteón.

Con el dinero que el fantasma les dio en pago por el favor, don Emiliano puso una tienda de sombreros en recuerdo de la cabeza del fantasma. Gracias a las ganancias que le redituaba su negocio, pudo dejar su pesado empleo y dar una vida próspera a su familia.

Un cuento de día de muertos

(cuento popular)

Leonor había quedado huérfana a los seis años, cuando su madre murió de una enfermedad que no pudo atenderse porque no les alcanzó para las medicinas.

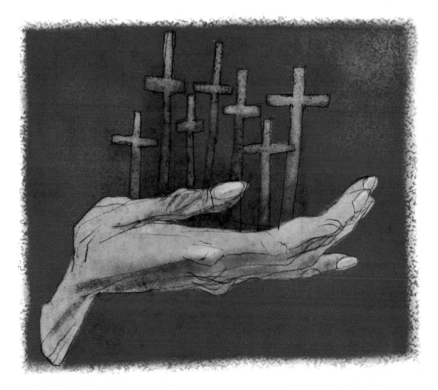

Vivía con su padre, un hombre irresponsable que gastaba en bebidas lo poco que ganaba, y ni siquiera mandaba a Leonor a la escuela.

La niña se las ingeniaba para sobrevivir. A veces hacía mandados, otras ayudaba a las señoras del pueblo con sus quehaceres, de modo que en su casa nunca faltaba algo para comer. Su padre sólo comía sin preguntar de dónde salían los alimentos y sin preocuparse por dejar dinero para los gastos.

Leonor trataba de ahorrar: tenía un cochinito de barro negro, donde iba guardando, de vez en vez, alguna moneda, pues deseaba juntar para poder ir a la escuela. Pero un día, cuando regresó a su casa, encontró sólo pedazos de cochinito y ninguna moneda: su padre lo había roto y se había ido a gastar el dinero con sus amigos de la cantina.

Llegó la víspera del Día de Muertos. En el mercado, la gente comentaba lo que pondría en sus ofrendas: dulce de calabaza en tacha, camote cocido en miel de piloncillo, mole con pollo, el delicioso pan de muertos; frutas de temporada (naranjas, mandarinas, guayabas, plátanos morados); flores de cempazúchil amarillas, anaranjadas y rojas, combinadas con alhelíes y esas flores pequeñitas y blancas llamadas nubes, además de otros platillos y golosinas que en vida le gustaron a los difuntos, sin que faltaran las veladoras.

Muy triste y extrañando a su mamá muerta más que nunca, Leonor pensaba en cómo le gustaría poder ponerle una ofrenda para que, cuando viniera a visitarla –como decía la gente que las almas de sus difuntos visitan a sus parientes–, se pusiera contenta de ver con cuánto esmero la recibía.

Pero ya no tenía ni un centavo... Se le ocurrió una idea: comenzó a recoger del basurero del mercado, todas las frutas y flores que todavía se veían más o menos en buen estado y las llevó a su casa para poner la ofrenda.

33

La colocó sobre la mesa desvalijada del comedor. El padre llegó, ebrio como de costumbre, y al ver la ofrenda, de un manotazo la tiró al piso, la pisoteó y gritó a la niña:

—¡Tu madre está muerta! ¡Los muertos no regresan! ¡Vete a conseguir dinero, en vez de hacer tus tonterías!

Y, dando un portazo, volvió a salir de la casa. La niña acomodó su humilde ofrenda otra vez, como pudo, llorando al ver las cosas tan maltratadas. Lloró tanto, que se quedó dormida, acurrucada junto a una pata de la mesa...

Como a las dos de la mañana, el hombre regresó a la casa, tambaleándose. Exigió a la niña servirle de cenar, pero la pequeña no se movió. La sacudió para despertarla, pero entonces se dio cuenta de que estaba fría, fría...

Llenos los ojos de lágrimas, quizás en el único gesto de amor que en toda su vida tuvo por la pobre Leonor, el hombre cargó

el cuerpecito y salió a la calle. Entonces vio pasar a una hermosa mujer que traía de la mano a una niña, como de seis años; ambas lucían elegantes vestidos y se veían felices, aunque, cosa rara, traían unas flores de cempazúchil y unas frutas aplastadas en una canasta.

–¡Por favor, señora –imploró el hombre–, ayúdeme para poder enterrar a mi hijita!

La dama volteó y lo miró con compasión, pero no dijo nada.... ¡era su esposa muerta! La niña también volteó, le sonrió, abrazó a su madre, la volvió a tomar de la mano y ambas se alejaron flotando, diluyéndose en el aire hasta que desaparecieron... ¡era el alma de Leonor, que al fin sería feliz al lado de su mamá!

La casa embrujada

(relato popular)

–adaptación–

Suele ocurrir que, en toda población o colonia donde existan viejas casonas, alguna de ellas está embrujada o tiene un fantasma. Al menos, eso es lo que creen muchas personas.

Pero Juan José, un policía que prefería trabajar por las noches, porque aseguraba que ese era el turno más tranquilo. Pensaba que eso de los espantos era pura patraña de gente supersticiosa.

Así que, cuando su jefe le dijo que debería comisionarlo a la vigilancia nocturna de una casona antigua que pronto sería rematada, pues su anciano dueño había muerto sin dejar herederos, aceptó sin titubear.

Por más que varios de sus compañeros le dijeron que mejor pidiera ser relevado, pues entrar a esa casa era arriesgarse a desconocidos peligros, Juan José ignoró sus advertencias, se burló de ellos y les aseguró que les demostraría que allí no pasaba nada.

Esa noche llegó a trabajar muy entusiasmado. Llevaba un buen termo de café para resistir la velada y una gruesa chamarra para no pasar frío, además de su linterna y su pistola. Su turno transcurrió con relativa tranquilidad, excepto porque adentro de la casona hacía más frío que afuera, y porque se oían rechinar los pisos de madera, ruidos que él atribuyó a la presencia de ratas.

La segunda noche parecía que todo iba a estar igual de tranquilo. Juan José estaba francamente aburrido. Para evitar dormirse, decidió hacer una ronda más. Tomó su linterna y empezó a recorrer la casona, inspeccionando todo al detalle. En una de las recámaras de la planta alta vio algo que no había notado la noche anterior: en la pared había unas manchas extrañas. Parecían de ésas de moho que salen cuando hay humedad. Se acercó a tocarlas para confirmar su teoría. La pared estaba bien seca. Y, extrañamente, con la luz de la linterna, las manchas se fueron desvaneciendo hasta que la pared quedó totalmente lisa otra vez.

"Estoy cansado –pensó para sus adentros–, por eso veo visiones. Ninguna mancha aparece y desaparece tan rápido."

La tercera noche, picado por la curiosidad, subió de nuevo a la habitación donde había visto las manchas y allí se estuvo un buen rato. Dieron las once, las doce de la noche y no pasaba nada. Fastidiado, estaba a punto de salir de allí para bajar de nuevo a lo que había sido la sala, cuando escuchó extraños sonidos, parecidos a un castañeteo de dientes que provenían de la pared.

Volteó rápidamente pensando descubrir alguna rata que roía un trozo de algo duro. Pero cuando apuntó la luz de su linterna al sitio de donde provenía el ruido, descubrió sorprendido que ahí estaban de nuevo las manchas.

Lo confirmó: no era su imaginación, eran unas manchas de oscuro color verdoso que se movían y se alargaban sobre el muro. Cuando vio que una de las manchas, la más grande, se desprendía de la pared y alargaba algo parecido a unas garras que se dirigían hacia él, Juan José quedó paralizado por el terror. No podía gritar, mucho menos correr, aunque era lo que más deseaba en ese momento. Soltó la linterna, que se hizo pedazos cuando cayó al piso. Todo quedó en tinieblas...

Al día siguiente por la tarde, viendo que Juan José no se reportaba, su jefe envió a dos compañeros a buscarlo. No había llegado a su casa. Entonces fueron a la vieja casona. Tampoco lo encontraron allí. En lo que había sido la sala estaban su chamarra y su termo con café. Los policías comenzaron a registrar la casa, pero nunca encontraron ni rastros de su compañero.

Sólo vieron en una de las habitaciones del segundo piso, la linterna rota y un extraño charco rojizo en el piso, cuya forma recordaba vagamente la de un cuerpo humano.

Los espantos de la escuela

Gloria Fuentes S.

En un edificio que había estado abandonado durante más de veinticinco años, un día pusieron una escuela secundaria.

Poco después de que la escuela fue inaugurada, los salones recién pintados estaban llenos de personitas estudiosas, y el patio se alegraba con risas y juegos a la hora del recreo.

Al fondo de uno de los espaciosos pasillos había un gran salón que el director decidió que se usara como bodega, ya que era bastante oscuro. Aunque los maestros tenían prohibido a los alumnos que jugaran en ese pasillo, nunca faltaban niños audaces que lograban colarse al

43

sitio, pues pensaban que lo peor que podría pasarles era llevarse un buen regaño por desobedientes.

Un día que había comenzado a llover desde la hora del recreo del turno de la mañana, cuatro niños del turno vespertino, durante su descanso, decidieron hacerse los perdidos y no entrar a clase de matemáticas para poder investigar qué misterio escondía esa bodega donde les tenían prohibido entrar.

La puerta de la bodega nunca se cerraba con llave, para que los maestros y maestras pudieran sacar de allí fácilmente los materiales que necesitaban para su trabajo como mapas, gises, artículos de papelería, pelotas y demás. De tal manera, los niños pudieron entrar y cerraron la puerta tras ellos, para que nadie se diera cuenta de que estaban allí.

Comenzaron a curiosearlo todo: destapaban las botellas que contenían líquidos para el aseo y las olisqueaban, desenrollaban los carteles y mapas, subían y bajaban por los anaqueles, abrían las cajas de lápices. Así estuvieron un rato, hasta que uno de ellos dijo desilusionado:

–¡Mejor ya vámonos! ¡Aquí no hay nada misterioso! ¡Ahorita va a ser el segundo descanso, podemos aprovechar para meternos a la clase de español!

Los otros niños aceptaron que su compañero tenía razón y, después de acomodar lo que habían desacomodado en los anaqueles, se dirigieron a la salida de la bodega.

Pero entonces, surgida de la nada, se les presentó a medio camino una niña con un vestido azul claro. Primero creyeron que era alguna compañerita que también había sentido curiosidad por ir a ver qué había en la bodega, pero cuando vieron para abajo, se dieron cuenta de que la niña se iba haciendo transparente hacia las piernas, que casi no se distinguían, y que en lugar de caminar, flotaba. La niña se les quedó viendo con unos ojos muy tristes, y luego, desapareció.

En cuanto pudieron reaccionar, los cuatro amigos pusieron pies en polvorosa y, muy pálidos y agitados, alcanzaron a entrar a su salón para tomar la clase de español. La maestra los vio tan raros, que le comentó al director lo que había ocurrido. El director los mandó llamar y los muchachos le confesaron que se habían metido a la bodega, pero que ya no lo volverían a hacer, pues el susto que les dio el fantasma de una niña había sido más efectivo que cualquier castigo.

–Está bien, jovencitos –dijo el director–. Por esta vez los perdono, porque creo que su conciencia y no un fantasma –porque no existen–, les dio un buen escarmiento.

Días después, el director y varios maestros se quedaron a trabajar de noche por primera vez desde que estaban allí, pues tenían que preparar una exposición. Un par de maestras fueron a la bodega para traer cartulinas. Pero en menos de lo que se dice, estaban de regreso en la sala de juntas. Lucían amarillentas de tan pálidas, temblorosas y con los pelos parados. Muy agitada, una de ellas dijo que en la bodega había dos niñas, una vestida de azul y otra de blanco y que, cuando ellas les iban a llamar la atención por estar en la escuela a esas horas, ambas voltearon y...¡no tenían ojos, sino unas negras cuencas!

Al pasar los meses, fueron varios los maestros que sufrieron sustos al ver, siempre dentro de la bodega o en el pasillo prohibido, fantasmas de niñas. A unos, se les aparecían como simples niñas, pero sin piernas y muy tristes; a otros, sin ojos; algunos las vieron como si fueran momias que conservan sus cabellos y su peinado.

El director decidió investigar con la gente de la colonia acerca de la historia del edificio de la escuela. Los más ancianos le dijeron que hacía como treinta años, donde ahora era la secundaria había sido un hospital. Y que un doctor que se volvió loco porque su hijita se enfermó y no pudo salvarla, por las noches iba al panteón y desenterraba cadáveres de niñas, que iba coleccionando en su laboratorio.

–El laboratorio era ahí, donde ustedes tienen ahora la bodega de materiales –le comentó una anciana–. Todo un año estuvo el doctor robándose el cadáver de una niña cada mes, justo el día en que era el aniversario de la muerte de su hijita, hasta que lo descubrió la policía. El doctor fue llevado al manicomio, su esposa se cambió de casa y los cadáveres de las niñas fueron incinerados, pues ya estaban muy descompuestos.... con esto que usted me cuenta, señor director, confirmo que lo que la gente decía acerca de que ese edificio estuvo abandonado tanto tiempo porque ahí espantaban, es verdad...

La hermana envidiosa

(leyenda popular)

–adaptación–

El novio de la linda Marisa por fin se había animado a pedir su mano. La familia de la muchacha había accedido, la de él estaba feliz, porque conocían a la joven y sabían que tenía todas las virtudes que hacen una buena esposa.

Pasó el tiempo que ambas familias habían acordado, y se llegaron las vísperas de la boda. Las mujeres de la familia de Marisa estaban muy atareadas con los preparativos del vestido y del banquete.

Todo estaba saliendo bien, de no ser por la hermana mayor, Silvia. Ella siempre había tenido un carácter amargado, nada le parecía bien, se enojaba por cualquier

cosa y trataba con desprecio a todos, por eso no había tenido ningún novio. Ni siquiera tenía amigas o amigos y la gente del pueblo evitaba saludarla, pues sabían que si lo hacían, estaban expuestos a que les contestara con alguna grosería.

Desde que se supo de la próxima boda de Marisa, el carácter de Silvia se había agrietado todavía más, al grado que era muy difícil soportarla: azotaba las puertas, aventaba las cosas, e incluso pateaba al pobre gato que era la mascota de la casa.

–¿Por qué mi hermana le cae bien a todo el mundo y se va a casar y yo no? –se preguntaba la hermana mayor, mordiéndose las uñas. Y entre más pensaba en eso, más enojada estaba.

El día antes de la boda, la madre le dijo a Silvia:

–Hija, prepara nuestras ropas, jabón y perfumes para ir a bañarnos al manantial, según lo marca la tradición.

Al escuchar esto, Silvia, furiosa, gritó:

–¡Que prepare las cosas ella, yo no voy!

La madre insistió, la hermana mayor le contestó con peores palabras y gritos, y Marisa, al ver esto, se soltó llorando y le suplicó:

–Por favor, Silvia, quiero que me acompañes en este último baño que tomaremos juntas antes de irme a vivir con mi esposo.

La hermana mayor pareció convencida y, aunque de mala gana, comenzó a poner en una canasta las cosas que necesitaban para el baño.

Sin hablar ni una palabra, las tres mujeres llegaron al manantial. Comenzaron a tomar su baño, pero de pronto empezó a caer una tormenta. Marisa y su madre fueron a guarecerse bajo un árbol, mientras Silvia, toda enjabonada, se burlaba de su hermana:

–¡Ja, ja! ¡Bonita esposa va a ser, si te asustas con una simple lluvia!...

Apenas había terminado de gritar eso, cuando Silvia fue jalada por algo que había debajo de la superficie del agua. Por más que pataleó, no pudo zafarse. Por más que su madre y su hermana se arrojaron al agua para intentar rescatarla, cuando llegaron al lugar donde estaban, la hermana envidiosa había desaparecido.

Dicen que cada año, cuando se cumple la fecha en que Silvia desapareció, en el manantial a donde van a bañarse las novias aparece la figura de una mujer muy triste, que llora y pide perdón.

¿Sería un hombre lobo?...

(sucedió en Iztapalapa)

Una pareja de recién casados, Genaro y Carmen, vivía en casa de los padres de él. Su vida y la de su bebé transcurrían de manera normal y tranquila, hasta que pasó lo que pasó aquel jueves que no se les olvida:

Como a las ocho de la noche la familia cenó, luego platicaron un rato y vieron una película en la televisión; el bebé dormía desde antes de la cena. Se acostaron como a las 10 de la noche, pues al día siguiente había que ir a trabajar.

Como a las dos de la mañana, Genaro se levantó para ir al baño. De regreso se acercó a la cuna, tapó cariñosamente a su hijo, y se quedó sentado unos minutos

en el borde de la cama. De pronto.... ¡oyó a lo lejos un aullido espantoso!

Y después más ruidos, pero muy extraños, porque no podía definir si eran en el mismo patio de la casa donde vivía, en la casa de junto, o en algún sitio lejano.

Escuchó más aullidos: el fuerte, el que ponía los pelos de punta, y otro, muy lastimero, de un perro.

Ese aullido perruno fue seguido por los aullidos de todos los canes del barrio que formaron un coro verdaderamente infernal. Curiosamente, ni Carmen ni el bebé despertaron. Luego, oyó golpes, como si un animal se azotara en la puerta de la casa. Pensó que sería el perro de los vecinos. Pero también se le hizo raro que, pese al escándalo, sus suegros tampoco despertaran. Entonces Genaro pensó que todo era producto de su imaginación.

–No es cierto, no se oye nada, lo que pasa es que estoy muy cansado y estoy imaginando cosas– se dijo para convencerse. Pero, aun sin desearlo, recordó lo que un día le había dicho su suegra:

–Hijo, ya no salgas tanto de noche, hay muchas cosas extrañas que pasan, podrías llevarte un susto. Hay espantos que, cuando se oyen cerca, es que están lejos, pero cuando se escuchan lejos, están muy cerca.

Pensaba en eso, cuando escuchó de nuevo el aullido terrible; se escuchaba lejano... sintió que se le erizaban los cabellos, se levantó de un salto, tomó a su hijo y lo llevó a la cama. Quiso despertar a su mujer, pero la vio tan dormida, que sólo acertó a quedarse medio acostado. Pensó en salir a ver qué pasaba, pero recordó de lo que había dicho su suegra. Así, con todo y el miedo, como estaba muy cansado se fue quedando dormido, hasta que su esposa lo sacudió:

—¡Párate, ya es muy tarde! ¡Tienes que ir a trabajar!

Genaro se levantó, desayunó a la carrera y pudo llegar a tiempo a su trabajo. Por la tarde que regresó a casa quiso contarle a su esposa lo que había ocurrido la noche anterior, pero decidió que era mejor no decirle nada, pues iba a pensar que estaba loco, o se iba a burlar de él.

Poco más tarde, él y Carmen salieron a comprar el pan para la cena. En la panadería se encontraron a su vecina de la casa de junto, quien muy espantada y seria les preguntó:

—Oigan, vecinos,¿no oyeron los chillidos anoche?... Algún animal muy grande vino, entró en mi patio, golpeó y mordió a mi perro, volteó las macetas, se metió a la cocina, abrió el refrigerador y se llevó todo el jamón, el queso y la leche que había... mi esposo dice que estoy loca, pero ¿verdad que sí lo oyeron?, ¿verdad que sí?...

Una visita terrible

(cuento de trabajadores)

adaptación

La orden de trabajo que recibió una cuadrilla de plomeros que dirigía don Jorge, era el renovar por completo las instalaciones de un edificio que había permanecido abandonado más de 50 años, pues lo iban a habilitar para que lo utilizaran como oficinas.

Eso significaba por lo menos una semana de labores en aquel lugar. Así que los trabajadores subieron sus herramientas y equipo a la camioneta que usaban y se dirigieron al poblado vecino, donde estaba el edificio. Después de dos horas de camino por carretera, llegaron a su destino.

El edificio era una casona que en algún tiempo estuvo pintada de azul, pero ahora era casi toda gris debido al abandono. Fueron a buscar al encargado de vigilar la casona y éste les entregó las llaves, aconsejándoles, con una extraña sonrisa, que para ahorrarse el hotel durmieran ahí mismo. Eso les pareció una buena idea a los plomeros, quienes acordaron iniciar su trabajo esa noche y parar en la madrugada para dormir un poco.

Luego de acomodar sus herramientas en lo que había sido la sala de la casona, salieron a merendar y comenzaron a trabajar cuando regresaron, a eso de las siete de la noche. Siguieron excavando, sacando tuberías viejas para hacer espacio para las nuevas, hasta cerca de las dos de la mañana. Al terminar, prepararon sus bolsas de dormir y se dispusieron a descansar para proseguir al día siguiente.

El silencio, a esas horas, era casi total. Sólo se escuchaba algún ruido raro, un crujido, algún rechinido de esos que

siempre hay en las casas viejas. La luz de la luna y las ramas de los árboles que rodeaban la casona producían, al entrar juntas por la ventana, extrañas sombras que se movían. Manuel, uno de los más jóvenes, parecía un poco asustado: una y otra vez alumbraba los rincones con su linterna, como buscando algo que en realidad no quería que apareciera.

Don Jorge les dijo que ya se durmieran, pues casi daban las tres de la mañana; todos se acomodaron en sus bolsas de dormir, pero Manuel recordó el entierro que habían visto pasar mientras merendaban, con la caja del difunto color gris y cada una de las personas que lo acompañaban al cementerio llevando una gruesa vela en la mano, mientras cantaban una letanía. Eso provocó distintos comentarios de los compañeros.

Pedro, otro compañero, enojado les reclamó:

–¡Qué ocurrencia, ponerse a hablar de eso precisamente en este lugar tenebroso y a esta hora! ¡Ya duérmanse, caray!

Al poco rato, ya sólo se oía roncar a toda la cuadrilla. De pronto, Manuel se incorporó sobresaltado al oír fuertes toquidos en el zaguán de la casona. Don Jorge le puso la mano en el hombro y lo tranquilizó:

–Calma muchacho, yo también lo escucho, pero ¿quién será a estas horas?... el vigilante no puede ser, él tiene copia de las llaves, y además para qué iba a venir, ya ves que no duerme aquí, sino en su casa...

Volvieron a golpear el zaguán, ahora más fuerte. Eso despertó a todos los plomeros que se quedaron muy quietos, oyendo con atención. De pronto, escucharon que tronaba y que se abría de golpe la puerta que daba a la sala.

–¡Ya entraron! –susurró Manuel, espantadísimo.

–Alguien está caminando para acá –dijo Pedro en voz baja.

Y sí: se oían claramente pasos que, pasando junto a donde dormían los

plomeros, se dirigían a la escalera, subían, caminaban en la planta alta y volvían a bajar, así varias veces.

Todos estaban muy nerviosos, callados y con miedo. Don Jorge tomó su machete y, sin soltarlo, les dijo a los muchachos que prendieran la luz. Pero, al accionar el apagador, el foco estalló y se quedaron a oscuras.

Justo en ese momento, todos escucharon, paralizados, un espantoso ruido, parecía un gemido de algún ser de ultratumba. Nadie habló. Como niños, se taparon hasta la cabeza con sus frazadas y no se atrevieron a asomar la cara, sino hasta que los cantos de los gallos, los mugidos de las vacas y el trinar de los pájaros, les indicaron que ya había amanecido y el sol comenzaba a aparecer sobre el horizonte.

Por supuesto, en la noche de ese día y las demás que duró su trabajo, todos prefirieron dormir en el hotel del pueblo, pues nadie quería tener que enfrentarse de nuevo con aquella terrible visita.

68

El tesoro que nadie quiere

(cuento de Puebla)

–adaptación–

Corrían los tiempos de la lucha revolucionaria en México, y por todas partes del país había grupos de hombres y mujeres que habían dejado el arado, el hogar o los instrumentos del artesano, para irse a la "bola", a pelear por la causa de su esperanza, que era la esperanza de una vida mejor a la de pobreza y explotación que hasta entonces habían vivido.

Como el ejército insurrecto que se había formado provenía en su mayor parte de gente de pueblo, poco apoyo económico tenía. Las fuerzas revolucionarias con frecuencia necesitaban parque, municiones y comida, para poder seguir combatiendo contra los soldados federales. Los jefes de

los diferentes grupos muchas veces
recurrieron al asalto de haciendas, para
conseguir los recursos que necesitaban.

Por supuesto, muchos bandidos se aprovechaban de las circunstancias y, con el pretexto de la Revolución, cometían todo tipo de robos y tropelías.

Por la sierra de Puebla hubo una gavilla de bandoleros muy célebre, al mando de un tal Zermeño, del cual no se tiene mayor memoria, más de que era un hombre alto, moreno, muy musculoso, pues antes de irse a la "bola" trabajaba como leñador; dicen quienes cuentan esta leyenda, que tenía grandes ojos negros que brillaban como los de un tigre cuando algo le molestaba. Zermeño, como se usaba en la época en que vivió, usaba un gran bigote. Aunque era mal encarado y hablaba con voz de trueno, tenía buenos sentimientos y se preocupaba por sus hombres y por la gente pobre, a la cual solía repartirle parte del producto de sus atracos.

Una vez, después de haber atracado una hacienda pulquera por los rumbos de Pachuca, Zermeño y sus hombres regresaban a la sierra de Puebla con un cuantioso botín que llevaban guardado en más de una docena de barriles pulqueros de los más grandes. Seis carretas, cada una tirada por dos mulas, transportaban el tesoro que, como se acostumbraba en aquella época, Zermeño y sus hombres iban a esconder en alguna cueva para ir a recogerlo y repartírselo cuando pasara la guerra.

Pero esa vez no corrieron con suerte: iban a medio camino, cuando, al atardecer, les salió al paso un grupo de soldados federales, al mando de un capitán. Se desató la balacera.

Todos los bandidos, incluido su jefe, quedaron allí tirados, en medio del llano, muertos.

Cuando el capitán revisó el contenido de los barriles pulqueros, su codicia se despertó: ¡ahí había toda una fortuna en monedas de oro y plata!...

Vio que en los ojos de los soldados también brillaba la codicia y, temiendo que lo mataran para quedarse con el tesoro, les dijo que tomaran el camino real y que, andando unas tres o cuatro horas, llegarían a unas cuevas que él conocía, en el cerro llamado la Loma del Conejo, y que era un buen escondite para ese dinero que, cuando pasara la guerra, les prometía repartir.

La luna ya estaba alta cuando llegaron a la cueva en el cerro. El capitán, quizás arrepentido por la matanza que había hecho, o quizá temiendo que los soldados fueran a hacerle lo mismo que él hizo a los bandoleros, estaba muy nervioso y sentía una angustia que él estaba seguro de que era un mal presentimiento.

Mientras parte de los hombres descargaba los barriles de las carretas y los otros excavaban unos grandes hoyos en el piso de la cueva para esconderlos, el capitán urdió una treta que, pensaba, lo libraría de todo peligro y además le permitiría quedarse con el tesoro.

Así, una vez que los barriles llenos de monedas estuvieron metidos en los hoyos, se dirigió a los soldados, y les dijo:

73

–Tengo que seguir camino mañana temprano para llevar unos uniformes a la capital. Cenemos y durmamos bien hoy; ustedes se quedarán a cuidar el dinero, yo regresaré mañana por la tarde, y mejor entonces lo repartiremos de una vez.

Los soldados estuvieron de acuerdo. Sacaron de sus alforjas carne seca, pinole, chiles, queso y tortillas que llevaban. El capitán sacó varias botellas de licor, invitándoles a festejar el haberse hecho de ese tesoro tan fácilmente, y los dejó beber hasta que de puro borrachos se durmieron profundamente.

Eso es lo que el capitán esperaba: sacó entonces cuatro cartuchos de dinamita, los colocó en cuatro lugares diferentes de la cueva, armó el detonador y ¡pum!, los hizo estallar.

Cuando el polvo que se levantó con la explosión se aplacó, el militar entró a la cueva y, a toda prisa, sepultó en los hoyos lo que había quedado de los soldados. Luego montó en su caballo y se fue rumbo a la capital; pensaba decirle a sus superiores que toda su tropa había desertado, que se había pasado a la "bola".

Pero algunos partidarios de Zermeño que habían sido informados por unos pastores de la matanza que el capitán y sus hombres habían hecho con la gavilla del buen bandolero, lo acechaban.

Cuando el capitán bajó del cerro y llegó a tierra llana, los revolucionarios lo atraparon y, aunque lo torturaron, nunca les dijo dónde había escondido el dinero, hasta que el jefe de este otro grupo se fastidió y lo mandó fusilar.

Una semana después de aquello, unos arrieros que pasaban por la Loma del Conejo vieron una terrorífica aparición, que dicen se sigue repitiendo desde entonces: cuentan que en las noches frías, se ven esqueletos vestidos de soldados, que pasean en la loma como si estuvieran haciendo guardia.

Dicen que, si alguien tiene el valor de acercarse a ellos , los aparecidos le ofrecen darle un tesoro a cambio de que saque los barriles donde está escondido y les dé a sus cadáveres cristiana sepultura, porque ellos ya quieren descansar en paz. Pero su aspecto es tan horroroso que, hasta ahora, nadie se ha atrevido a hacerlo.

La tienda encantada

(cuento popular mexicano)

Cuenta la gente, que hay algunas
poblaciones donde, una vez al año, cerca
de donde existen sembradíos, aparece una

tienda muy grande, muy bien surtida, que sólo dura una noche.

Una vez, un par de campesinos se animaron y entraron a esta tienda mágica; uno compró muy baratas, muchas cosas que necesitaba, pero el otro nada más se quedó viendo toda la mercancía que allí había, se fue metiendo más y más a la tienda, y desapareció.

Cuando el que compró las cosas salió de la tienda, ésta, en menos que se lo cuento, también desapareció. Luego, al ver que no estaba la tienda ni su compañero, el campesino se marchó a su casa, pensando que quizá su compañero se había asustado y se había echado a correr. Al día siguiente le platicó a sus amigos lo que había sucedido, y ellos le aconsejaron que volviera el próximo año al mismo lugar, en la misma fecha y a la misma hora, a ver qué pasaba.

Transcurrió un año exacto, y el compañero nunca apareció. El campesino regresó al mismo lugar, en medio de la milpa, como le dijeron sus amigos. Allí estaba la tienda.

Entró, y vio que su amigo estaba parado en el lugar donde lo dejó, todavía curioseando la mercancía. Entonces lo jaló y los dos salieron del lugar a toda velocidad, sin detenerse, hasta que llegaron al pueblo. Ya estando allí, el campesino le preguntó a su compañero cómo se sentía, pues había pasado un año desaparecido, a lo que el compañero contestó que no era cierto, que sólo habían pasado unas horas. Luego se fue a su casa, pero al día siguiente amaneció muerto.

Dice la gente que un viajero, al pasar por el lugar, vio la tienda, entró, compró tres cargas de frijol y se salió; y que al otro día que iba a sacar algo de frijol para que su esposa lo pusiera a cocer, descubrió que los bultos no tenían frijoles, sino que estaban llenos de monedas de oro, se hizo rico y se fue del pueblo.

Dicen también, que esta tienda encantada aparece nada más una vez al año y que, aunque esté allí, no cualquier persona puede verla, porque los que entran en ella encuentran allí su destino.

El fantasma del guardia

(cuento popular colimense)

–adaptación–

A principios del siglo XX, los leñadores y arrieros que andaban en los alrededores de las faldas del volcán de Colima eran aterrorizados por la aparición del fantasma de un soldado de la época virreinal. Decían que, luego de mirarlos fijamente, se montaba en su mosquete y se iba volando en él, como si fuera una bruja, hasta un rincón del cerro.

Se decía que el fantasma en vida había sido un honrado guardia del virrey, hasta que un día la ambición lo cegó y se hizo aliado de una banda de salteadores, a los que protegía, de tal modo que muy pronto los bandidos pudieron hacerse de grandes riquezas, las cuales escondían en una cueva del cerro que sólo ellos conocían.

Pasado algún tiempo, la guardia virreinal empezó a entrar en sospechas sobre la conducta de este soldado. Él se dio cuenta y pensó entregar a los bandidos para salvarse de la prisión. Pero los bandidos se dieron cuenta de sus intenciones y lo mataron, sepultándolo en la misma cueva donde escondían sus tesoros. Poco después, la guardia virreinal dio con ellos y los ajustició, sin que se supiera nunca el lugar de su escondite.

Una noche, un grupo de leñadores se armó de valor, acampó en el monte para esperar al fantasma y se fijaron muy bien por dónde desaparecía. Al día siguiente subieron al cerro, buscaron y, después de buen rato, cuando ya atardecía, detrás de unos matorrales descubrieron la entrada de una cueva.

No sin temor, todos juntos entraron y, a la luz de sus antorchas, vieron: costales enmohecidos, botijas vacías de vino,

cazuelas y rastros de que ahí se hacían
fogatas, todo con aspecto de tener varios
siglos de antigüedad, cubierto de una
gruesa capa de polvo y telarañas. ¿Estaría
el tesoro allí?… Como ya oscurecía, y
tenían bastante miedo, decidieron regresar
luego.

Apenas el amanecer del siguiente día
iluminaba el paisaje, los leñadores ya
estaban en la cueva. Ahora llevaban picos
y palas. Se pusieron a cavar. De pronto,
una de las palas chocó contra algo duro.
Terminaron de remover la tierra y sacaron

un gran cofre, cuyo candado rompieron de un zapapicazo para poder abrirlo.

Cuando uno de ellos levantó emocionado la tapa…¡ay, qué horrible sorpresa!…en lugar del tesoro, encontraron un esqueleto sin cabeza, pero vestido con lo que había quedado de los ropajes, botas y armadura de un soldado virreinal.

Pasado el susto, llegaron a la conclusión de que ese esqueleto era el del guardia, cuyo fantasma se aparecía. Luego, uno de ellos se acordó de que, según las leyendas, casi siempre que se hacía un hallazgo de ese tipo, debajo de los esqueletos estaba el oro.

La codicia pudo más que el miedo y siguieron cavando, pero no hallaron más que una gruesa capa de carbón. Uno de los leñadores, llamado Julián, se acordó de que, también según las leyendas, el castigo de los ambiciosos, era que cuando encontraban algún tesoro, el dinero se convertiría en carbón, y sugirió que lo mejor era dejar ese asunto en paz, no fuera la de malas y hasta una maldición les fuera a caer.

Así lo hicieron: cansados y tristes, se incorporaron de nuevo a sus faenas de cada día, cortando leña para ganarse la vida.

Julián desapareció. Primero sus compañeros pensaron que estaba enfermo a causa de la impresión del encuentro con el esqueleto. Pero cuando pasaron quince días, se preocuparon mucho y comenzaron a investigar en el pueblo, a ver si alguien sabía qué pasaba con él.

El peluquero, que como muchos de su oficio estaba muy bien enterado de todos los chismes, los sacó de dudas: Julián había encontrado un tesoro en una cueva del cerro. Eran muchas monedas de oro, guardadas en unas ollas, escondidas debajo de un montón de carbón. Inmensamente rico de la noche a la mañana, el leñador había vendido su casa muy barata, al primero que la quiso comprar y, cargado con su oro, se había ido a vivir al extranjero…

¿Quién está allí?...

Gloria Fuentes S.

El otro día, mi amigo Arturo me platicó unas cosas muy extrañas a la hora del recreo. Mientras compartíamos una rica torta de huevo con jamón, se me quedó mirando muy serio, con ojos de asustado, y me preguntó que si creía en los vampiros.

–¡Cómo crees! –le contesté, riéndome–. Eso está bueno nada más para sentir que te pones chinito cuando lees cuentos de terror, o cuando ves películas de Drácula.

–Hablo en serio, David….yo creo que sí existen, y que alguno me anda persiguiendo. No se lo he dicho a nadie más que a ti…

En eso sonó la campana, se acabó el
recreo, y regresamos a clases. Al paso de
los días, me di cuenta de que Arturo
estaba cada vez más ojeroso, delgado y
pálido, aparte de que se había vuelto muy
callado, ya ni quería jugar. Primero pensé
que estaba enojado conmigo por haberme
burlado de su miedo a los vampiros, pero
luego me preocupé y decidí acercarme a
él. Compré de los dulces que sé que le

gustan y, con la bolsita en la mano, fui a sentarme a su lado.

–¿Qué te pasa, Arturo? –le pregunté al tiempo que le alargaba la bolsa de dulces–. Hace días que te veo triste, decaído, hasta estás enflacando…

–¡No puedo dormir, David!… Apenas empiezo a cerrar los ojos, oigo ruiditos en mi recámara; alguien, estoy seguro, se mete por la ventana, luego abren el ropero, sacan algo, lo vuelven a cerrar, después van a mi tocador, se peinan, se ponen de mi loción, y ese alguien se sale por la ventana, dejándola siempre abierta. Me da tanto miedo que me tapo todo y, aunque me dé frío, no me atrevo a pararme para cerrar la ventana. Yo creo que es un vampiro y que cualquier día voy a amanecer sin sangre.

Como pude lo tranquilicé, le repetí que esos seres nada más eran personajes fantásticos, que cómo creía que en pleno siglo XXI iban a andar revoloteando entre los modernos edificios de condominios, y que mucho menos, se le ocurriría a alguno de ellos irse a vivir a la recámara de un niño. Arturo quedó un poco más tranquilo, pero no estaba convencido de que los vampiros no existen.

A la semana siguiente, Arturo se desmayó en la clase de deportes. El director de la escuela mandó llamar a sus papás, y les dijo que debían alimentar

mejor a ese niño y vigilar que se durmiera
a sus horas, puesto que se había
desmayado de pura debilidad.

Cuando llegaron a su casa, el papá regañó a Arturo, le ordenó que no se estuviera desvelando, que por eso andaba todo enclenque y ojeroso. Su mamá, por su parte, toda llorosa le preparó para cenar un caldo de pollo y le rogó que se lo acabara todo, lo cual mi amigo hizo a regañadientes, pues lo que menos tenía era apetito.

–Oye, David –me preguntó dos días después–: ¿tú crees que mis papás se enojen si les cuento lo del vampiro?

–Cuéntales –le aconsejé–. Quizá se enojen al principio, pero vale la pena, porque los papás saben más que nosotros y ellos pueden ayudarte.

Arturo me prometió que esa misma noche hablaría con ellos. Al día siguiente, lucía un poco menos ojeroso. Nos sentamos a comer la fruta que llevábamos para recreo, y sonriente me platicó:

–¡Ya estuvo, David! ¡Anoche hablé con mis papás y no se enojaron, estuvimos platicando y me explicaron por qué no pueden existir los vampiros!

Eso me dio mucho gusto, al fin mi amigo estaría tranquilo. Le dije que me parecía muy bueno que al fin hubiera perdido ese miedo que lo tenía tan flaco y amarillo, nos abrazamos y, de repente, Arturo me comentó:

–Pues sí, ahora sé que no existen los vampiros y ya no tengo miedo, pero me queda una duda grande: ¿entonces de quién será una capa negra, olorosa a humedad y a viejo, que está en un rincón de mi ropero?…

El misterio del hospital

Gloria Fuentes S.

El doctor Godínez lo descubrió en el momento menos oportuno, en medio de una operación: en el banco de sangre del hospital no había sangre tipo AB.

Por fortuna, una de las enfermeras tenía ese tipo de sangre y la donó gustosa, con lo cual pudo salvarse la vida del paciente.

Un mes después, varios médicos trabajaban en hacer el inventario del banco de sangre, cuando descubrieron que ahora faltaba sangre del tipo O.

–No puede ser –comentaron entre ellos–, apenas la semana pasada llegaron varios litros. ¿Qué habrá pasado?

Por más que investigaron, no supieron qué ocurría. Pensaron que alguien estaba robando la sangre, y entonces el Consejo de Médicos tomó la decisión de contratar un velador que cuidara el banco de sangre, ya que no podían arriesgarse a que no hubiera líquido vital suficiente para los pacientes que operaran.

El velador comenzó a trabajar con mucho entusiasmo. Daba varias rondas por la noche, y en los ratos en que se sentaba a descansar prendía su radio para no sentirse solo y para que cualquier ladrón que quisiera entrar, se diera cuenta de que ahí había quién vigilara y desistiera de sus propósitos.

Sin embargo, tantas desveladas pronto lo cansaron, el estar siempre solo lo aburrió, y una noche se quedó medio dormido en medio de su jornada de trabajo.

Lo despertaron unos ruidos extraños. ¡Estaban abriendo el refrigerador donde se guardaba la sangre!

Cautelosamente se acercó, empuñó con fuerza su pistola, y con la otra mano dirigió la luz de su linterna a la figura que estaba trepada en el refrigerador.

Lo que vio lo sorprendió tanto, que no se le quitó el hipo–, porque no tenía–, pero casi le dio un "supiritaco" allí mismo, al mirar que, trepado en el anaquel de abajo para alcanzar el anaquel de arriba, estaba un vampiro no con toda la barba, porque suelen afeitarse, pero sí con toda la capa. Se estiraba para alcanzar una bolsa de plástico que contenía sangre tipo AB. Cuando se repuso, el velador gritó:

—¡Manos arriba, ladrón!

El vampiro, todo tembloroso de miedo, porque él se asustó más que el velador, alzó las manos, soltó la bolsa de sangre, ésta se rompió, ensució todo el piso, y eso fue lo más sangriento que pasó, porque el vampiro, muy correcto y ceremonioso, le explicó al velador:

—Amable caballero, escúcheme por favor y comprenda mi desgracia: desde que era un vampirito, mi mamá insistía en que después de comer lavara mis dientes, pero nunca le hice caso y mis dientes se pudrieron. Ahora ni siquiera tengo mis colmillos de vampiro, por lo que me veo obligado a tomar sangre en bolsita y con popote. Si usted me impide hacerlo, moriré de hambre....

El velador lo perdonó. Al día siguiente
habló con los médicos, les dijo que un
vampiro tan bien educado no merecía

morir y éstos, compadecidos, decidieron
ayudarlo.

Pero ¿cómo hacerlo?… si le ponían unos
colmillos postizos, quizás iba a morder a la
gente, y el problema sería mayor. Por fin
llegaron a una solución: cada semana, le
apartarían su ración de sangre en bolsita,
con la condición de que se portara bien y
no volviera a robar.

Así lo ha hecho el vampiro y, desde
entonces, pasa tres noches a la semana
por su alimento y se queda a platicar
con el velador hasta poco antes de que
amanezca, para que su amigo no se sienta
solo en su trabajo.

El Callejón Del Sapo

(leyenda colonial mexicana)

–adaptación–

Existe en pleno centro de la ciudad de México, un callejón que se llama Del Sapo.

En la actualidad, ese sitio está lleno de establecimientos comerciales, pero en los tiempos del virreinato pasaron allí cosas tan espantosas, que pocos se aventuraban a transitar por sus cercanías, aun cuando fuese a plena luz del día.

Dice la leyenda, que en ese callejón se estableció un rico mercader, el cual en poco tiempo construyó una gran casa con fachada de piedra y tezontle rojo, que era el estilo de la época. Una vez que tuvo la casa, el mercader pensó que debía llenarla

con una numerosa familia y comenzó a buscar una novia para casarse.

Sus ojos se fijaron en una joven criolla, muy agraciada, que conoció en un baile. La muchacha, hija única y por lo tanto heredera de la fortuna de otro mercader tan rico como él, era muy simpática y de carácter alegre. Cuando sonreía, se le hacían unos hoyuelos en las sonrosadas mejillas que iluminaban su rostro, como dos pequeños soles. Sus ojos del color del mar, se fijaron en el mercader y lo miraron con ternura. Ambos se enamoraron y el matrimonio se llevó a cabo en poco tiempo.

Cuando la joven llegó a la casa del mercader, ya como su esposa, éste la presentó con los sirvientes. Todos la recibieron muy bien, excepto una mestiza que estaba enamorada en secreto de su patrón y soñaba que un día podría casarse con él y ser la señora de tan lujosa casa.

La joven señora escogió a la mestiza para que fuese su doncella personal. La mestiza, disimulando la envidia y los celos que su ama le provocaba, la servía con grandes atenciones e hipócritas sonrisas, hasta que se ganó su confianza.

Los meses pasaron. El mercader y su esposa deseaban un heredero, pero el niño no llegaba. Un día, la joven señora le confió a su doncella lo triste que se sentía, pues quería tener un bebé y no sabía qué hacer para lograrlo.

La perversa mestiza vio entonces la oportunidad de deshacerse de su ama. Le dijo que ella conocía una tisana milagrosa, la cual, si la bebía todas las noches antes de dormir, pronto haría que su anhelo se hiciera realidad. Y así comenzó a administrarle, en pequeñas dosis, hierbas venenosas.

Pero las hierbas no mataron a la joven, sólo debilitaron su salud y le quitaron la alegría. De todos modos, pronto supo que al fin había logrado su sueño de tener un hijo, y esperó su llegada con ilusión.

Cuando el niño nació, todo fue dolor y confusión dentro de la casa: era un bebé enorme, con la cara parecida a la de un sapo. El mercader se horrorizó tanto, que quiso matarlo, pero la mestiza le dijo que ella ayudaría a su madre a cuidarlo. Sin embargo, al poco tiempo la joven señora, por la tristeza y por el efecto de las hierbas venenosas, murió.

El mercader, culpando al hijo de la muerte de su esposa, ordenó que lo encerraran en una habitación de la casa para no verlo nunca más. Cuando el muchacho llegó a la adolescencia había crecido demasiado, era enorme, gordísimo, y su cara de sapo espantaba.

Además, era retrasado mental, se comportaba como un bebé de dos años.

Un día, sin embargo, encontró la manera de escapar de su encierro y todas las noches, sin que nadie en la casa se diera cuenta, salía al callejón y allí se sentaba sobre la fuente que adornaba la fachada de la casa, mirando al vacío con su sonrisa de bobo, disfrutando a su manera del aire libre, y al amanecer volvía a meterse al cuarto donde lo tenían recluido.

Su presencia horripilante comenzó a causar grandes sustos a los transeúntes, quienes decían que en ese callejón se aparecía un demonio.

Una noche, varios caballeros que andaban de juerga, envalentonados por el vino, fueron al que ya la gente llamaba El Callejón del Sapo, y con sus dagas dieron muerte a ese pobre ser, cuya única culpa era haber nacido con defectos físicos y mentales.

El mercader, al descubrir el cadáver de su hijo, se arrepintió de la falta de amor con que lo había tratado y, tratando de remediar las cosas, le hizo un funeral digno de un príncipe. Pero ese mismo arrepentimiento, convertido en profundo dolor, muy pronto lo llevó a la tumba. Cuando murió su amo, los sirvientes se repartieron sus riquezas y cada uno se fue por su lado. La casa quedó abandonada.

A partir de aquellos trágicos sucesos, la gente que pasaba de noche por el callejón aseguraba que allí, sentado sobre una fuente que existió adosada a la fachada de la casa, se aparecía el fantasma del pobre muchacho, aterrorizando a cuantos lo veían.

Dicen algunos habitantes de la zona que, pese al moderno alumbrado, a los automóviles y al ruido de la ciudad, todavía hoy algunos trasnochadores se han llegado a topar con la sombra del obeso fantasma, que desde ultratumba los contempla con sus ojos vacíos y su sonrisa inocente de bobo.

Los ruidos

Hugo Rivas Martínez

Inédito

Alguna vez te has despertado en la noche, mientras todos duermen, y piensas que reina el silencio. Te das cuenta que surgen ruidos extraños por toda la casa, ¿de dónde vienen?, te preguntas, pero más vale no saberlo.

Esto mismo le pasó a Teodoro Malpica la noche anterior.

Teodoro era el típico estudiante de quinto año de primaria, con calificaciones regulares y amante del fútbol; sin embargo, otra de sus aficiones eran las novelas de detectives. Desde pequeño leyó las aventuras de Sherlock Holmes y Hércules Poirod; por eso, cuando escuchó los ruidos, dedujo que era un misterio que él podría resolver.

Comenzó a preguntar, leer e investigar, cómo lo haría el más profesional detective y llegó a tres posibles teorías o respuestas.

La primera: los ruidos eran provocados por un efecto físico llamado dilatación, el cual consistía en que los objetos–principalmente los metales–, por el calor del día aumentaban su tamaño, mientras que durante la noche recuperaban su tamaño normal; este proceso de achicamiento provocaba ruido.

La segunda teoría era menos científica, el ruido era provocado por ratas que durante la noche salían a buscar alimento.

La tercer respuesta era la que llamó su atención, por ser la más inverosímil. Esta respuesta se la dio el conserje del colegio, un hombre de avanzada edad a quien todos llamaban don Lorenzo, nadie sabía si era su verdadero nombre o por la implicación de su nombre Lorenzo, pues era un poco distraído y parlanchín, además de contar historias y leyendas. Teodoro pudo haber supuesto que lo que

le contó don Lorenzo era una historia más, pero le intrigó la forma en que se lo dijo.

Un día al salir del colegio, don Lorenzo llamó a Teodoro. A éste le extrañó, pues normalmente don Lorenzo procuraba contar sus historias durante el descanso y era a todos los niños, nunca a nadie en particular. Don Lorenzo le preguntó si era verdad que investigaba sobre los ruidos que se escuchaban durante la noche, Teodoro le contesto afirmativamente; entonces el viejo conserje adquiriendo un tono poco usual en él, le dijo que olvidara los ruidos y que no siguiera su búsqueda, porque había cosas que era mejor no saber de dónde venían ni qué las provocaba.

Teodoro ante el tono del conserje se sorprendió, y le pidió que fuera más claro, pero don Lorenzo nada le contestó, sólo al alejarse añadió: niño estás advertido, y se fue.

Esa noche, Teodoro Malpica permaneció despierto, aguardando, su plan era que al escuchar los ruidos se levantaría e iría a investigar.

Después de media noche, los ruidos comenzaron, Teodoro se levantó, tomó su lámpara y salió de su habitación; atravesó el pasillo, los ruidos eran cada vez más fuertes, bajó las escaleras y se percató que esa noche era particularmente oscura, ya que no había luna. Teodoro Malpica encendió su lámpara, se acercó a la sala, los ruidos venían del comedor y eran muy claros, Teodoro Malpica se asustó un poco, pero tomando valor caminó hacia donde procedían los ruidos, llegó al comedor. Ahora los ruidos eran claros, venían de una esquina del comedor, Teodoro Malpica intentó encender la luz, pero no funcionó, su lámpara comenzó a titilar y se apagó. En ese momento los ruidos se acrecentaron, y Teodoro Malpica sintió claramente que algo se acercaba a él, tuvo la intención de huir, pero algo lo detenía, los ruidos ahora eran claros y Teodoro Malpica sintió como nunca había sentido en su vida: un inmenso terror. Cuando de pronto, una luz iluminó el comedor y pudo ver, al fin, qué provocaba los ruidos.

Varios meses después, don Lorenzo murió. Cuando recogieron sus cosas del pequeño cuarto donde vivía, descubrieron cuál era su verdadero nombre, cosa extraña y que muy rara vez ocurre, el verdadero nombre de don Lorenzo era Teodoro Malpica.

El lago acusador

(cuento popular de España)

–adaptación–

Hace siglos, en un bosque que se extendía bajo un monte, había un albergue para cazadores, donde solían pasar la noche quienes perseguían jabalíes y ciervos.

Una noche que caía una fuerte tormenta, llamaron a las puertas del albergue. El posadero, desconfiado por la hora que era, se asomó por la mirilla. Ahí, tocando con el pomo de su espada, estaba un caballero cuyas ropas, aunque empapadas, eran lujosas y elegantes. El posadero abrió la puerta, pensando que ese caballero le pagaría bien por sus servicios.

Una vez que entró el recién llegado, se quitó su capa de terciopelo rojo, la colgó

en una percha cerca de la chimenea para que se secara y pidió un buen vaso de vino y algún guiso caliente para cenar.

Terminó su cena. Pero la tormenta no amainaba, así que decidió quedarse a pasar la noche en el albergue. Entonces pidió al posadero que le preparara una habitación para dormir.

El posadero había visto los ricos anillos de oro con rubíes y diamantes que llevaba el caballero. Se imaginó que la bolsa que traía el huésped estaría llena de oro y comenzó a llenarse de pensamientos codiciosos.

Rápidamente preparó la habitación, ofreció al caballero otro vaso de vino para que lo bebiera antes de dormir y se retiró pronto, diciendo que tenía que levantarse en la madrugada para empezar a trabajar. El caballero, por el cansancio y por el vino que había bebido, se durmió profundamente.

Mientras, el posadero se metió a su cuarto y buscó un afilado cuchillo. Escuchó con atención durante un rato y, al no escuchar sonido alguno, supo que el caballero dormía. Entonces salió de su cuarto y llegó al del caballero. Abrió la puerta con cuidado para no hacer ruido y, como un tigre sobre su presa, se abalanzó sobre el caballero durmiente y le clavó el cuchillo varias veces en el pecho. Luego encendió una vela, y comprobó que el desdichado huésped estaba muerto. Entonces registró su bolsa y sus ropas, donde, como lo había imaginado, encontró muchas monedas de oro.

Una vez que puso las monedas y las joyas del caballero en lugar seguro, regresó a la habitación del caballero con un gran saco y allí metió el cadáver. Luego, se llevó el saco arrastrando hasta la orilla de un lago cercano, lo terminó de llenar con piedras para que se hundiera, lo cerró muy bien y lo arrojó al agua. Después regresó corriendo al albergue y, feliz con el resultado de su fechoría, limpió toda posible huella de su crimen y durmió a pierna suelta el resto de la noche.

Al día siguiente buscó por todas partes el cuchillo que tenía grabado su nombre en la hoja, pero no lo encontró. Primero se asustó mucho pensando que el arma se había quedado clavada en el cadáver, pero luego se tranquilizó al recordar que el caballero asesinado estaba en el fondo del lago, y nadie nunca había llegado a tocar ese fondo, pues el lago era muy profundo.

Meses después de aquello hubo un fuerte sismo, a consecuencia del cual se abrió una grieta en la tierra por donde se fue toda el agua del lago que quedó casi seco.
Entonces los vecinos del lugar, en el fondo lodoso, vieron un saco. Lo abrieron, y en su interior encontraron un esqueleto rodeado de piedras. Cuando lo sacaron, vieron que tenía clavado un cuchillo en el pecho. Llamaron a los alguaciles y éstos, al sacar el cuchillo y examinarlo, se dieron cuenta de que en la hoja tenía grabado el nombre del posadero.

Pero ya no pudieron castigarlo, porque el asesino, al ver que el lago se había secado, supo que lo iban a descubrir y se ahorcó colgándose de una viga del techo del albergue.

Dos días más tarde, las aguas volvieron a salir de la grieta y el lago se llenó de nuevo. Los vecinos aseguran que, a partir de entonces, cuando se comete algún crimen, el lago se vuelve a secar, y no se llena de nuevo sino hasta que se hace justicia.

Índice

Ficha bibliográfica

Mis cuentos de vampiros, horror y fantasmas

1. **El lago acusador.** Cuento anónimo. Tomado de "Las mejores leyendas de Latinoamérica", publicado por Fondo Educativo, 1952.

2. **El fantasma del guardia.** Tomado de "Cuentos colimotes", publicado por Herrero Hermanos Sucesores, México, 1931.

3. **La casa embrujada.** Relato popular. Tomado de "Cuentos colimotes", publicado por Herrero Hermanos Sucesores, México, 1931.

4. **Una visita terrible.** Leyenda popular. Tomado de "Leyendas y Mitos II", publicado por Guillermo Molina, Puebla, 2001.

5. **La cabeza del fantasma.** Cuento inédito. Tomado de "Colección privada de Cuentos y Leyendas", Gloria Fuentes Saenz, 2003.

6. **¿Sería un hombre lobo?** Leyenda popular. Tomado de "Leyendas y Mitos II", publicado por Guillermo Molina, Puebla, 2001.

7. **Los espantos de la escuela.** Cuento inédito. Tomado de "Colección privada de Cuentos y Leyendas", Gloria Fuentes Saenz, 2003.

8. **La hermana envidiosa.** Leyenda popular. Tomado de "Leyendas y Mitos II", publicado por Guillermo Molina, Puebla, 2001.

9. **El pozo de los horrores.** Cuento inédito. Tomado de "Colección privada de Cuentos y Leyendas", A. Sant-Jacob (seudónimo), 2003.

10. **Un cuento de Día de muertos.** Leyenda popular. Tomado de "Leyendas y Mitos II", publicado por Guillermo Molina, Puebla, 2001.

11. **La tienda encantada.** Leyenda popular. Tomado de "Leyendas y Mitos II", publicado por Guillermo Molina, Puebla, 2001.

12. **El misterio del hospital.** Cuento inédito. Tomado de "Colección privada de Cuentos y Leyendas", Gloria Fuentes Saenz, 2003.

13. **¿Quién está ahí?** Cuento inédito. Tomado de "Colección privada de Cuentos y Leyendas", Gloria Fuentes Saenz, 2003.

14. **El callejón Del Sapo** Leyenda colonial. Tomado de "Cuentos colimotes", publicado por Herrero Hermanos Sucesores, México, 1931.

15. **El tesoro que nadie quiere.** Leyenda popular. Tomado de "Leyendas y Mitos II", publicado por Guillermo Molina, Puebla, 2001.

16. **El espejo maléfico.** Cuento popular. Tomado de "Lectura y Redacción", publicado por Progreso, 1954.

17. **Los ruidos.** Cuento inédito. Tomado de "Colección privada de Cuentos y Leyendas", Hugo Rivas Martínez, 2003.

Esta obra se terminó de imprimir en noviembre del 2003
en los talleres de Overprint, S. A. de C. V.
Agustín Yáñez 1253, Col. Sector Popular
C.P. 09060, México, D.F.